Annina Rindlisbacher

Immer wieder

Und ich bleibe mit dir, bei dir

www.tredition.de

© 2020 Annina Rindlisbacher

Verlag & Druck: tredition GmbH, Halenreie 40-44, 22359 Hamburg

ISBN
Paperback: 978-3-347-05742-5
Hardcover: 978-3-347-05743-2
e-Book: 978-3-347-05744-9

Für Dich.

Dich nun loslassen

Dich nicht mehr spüren

Dich wegdenken

Von dir flüchten

Mich von dir verabschieden

Nicht mehr von dir träumen

Ohne dich sein

Dich gehen lassen

Tränen in meinem Herzen

Den Mond sehen und nicht an dich denken

Dich nicht mehr finden

Dich nie mehr vermissen

Dir zuflüstern, wie sehr du mich berührt hast

Deine Hand in meiner – loslassen

Meine Seele von deiner entflechten

Dich fliegen lassen

Die Trauer verwandeln

Dir Glück wünschen

Dir winken zum Abschied

Dir den Sturm nehmen

Dich in deinen Hafen leiten

Mich noch einmal umkehren

Einen Kuss über die Wellen hauchen

Lieben über die Sterne hinaus

Es verträgt sich gut, du und diese Stadt. Auch im Herbst. Wenn die Blätter fallen und der Weg von mir zu dir kürzer scheint. Auch der Nebel ändert daran nichts. Im Nebel die Sonne sehen, sagst du, darauf kommt es an.

Wir sind durch den Wald geschlichen, nicht dass wir noch die Eicheln am Boden zertreten hätten.

Neben uns joggten die Senioren und hingen an Turnringen. Du riebst mir eine Mücke aus dem Auge. Ich weine doch nicht wegen dir, hab ich gesagt. Wo hätte das nur hingeführt, so viele Tränen.

Unser erstes richtiges Date hatten wir an meinem Geburtstag. Wie blöd, finde ich. Denn wenn es nicht gut läuft, das mit uns – dann sind meine Geburtstage nun immer schlecht.

Du warst nicht höflich, als wir uns das erste Mal sahen. Nicht mal gegrüßt hast du, sagst du. Ich kannte dich nicht, wieso hätte ich dich dann grüßen sollen, frage ich. Das wäre immerhin ein Anfang gewesen, meinst du. Das habe ich ja dann auch gemacht. Stimmt, der erste Satz fiel so mitten in der Nacht. Hat das einsam geklungen, frage ich. Nein, er war irgendwie schlicht und vielleicht deswegen so romantisch. Dabei bist du ja gar nicht romantisch. Rote Rosen, damit könne man dich jagen, du hast mir gleich den Tarif durchgegeben. Du hättest sie mir wahrscheinlich um die Ohren geschlagen. Wie die Tasse damals. Nur fast, sage ich.

Einmal hast du mir eine Blume gebracht, ohne Papier natürlich. Ein unglaubliches Blau war das. Klar, du musstest eine Blume schenken, die noch niemand je gesehen hat. Alles andere wäre ordinär gewesen. Du hast sie gemocht, die Blume vertrocknete und stand noch monatelang in der Vase. Das habe ich schon gesehen, sagst du. Das war dir doch recht, sage ich. Ein Stück von dir bei mir. Man muss schließlich sein Revier abstecken. Du hast sogar absichtlich deine Zahnbürste bei mir stehen gelassen. Manchmal, wenn ich Sehnsucht nach dir hatte, habe ich mir damit die Zähne geputzt. Warum sollte ich das hin und her schleppen, sagst du.

Warum hast du dich am Anfang eigentlich so lange nicht gemeldet? Du hast mich schier verrückt gemacht. Gopf! Habe dich dann etliche Male zum Teufel geschickt. Bist auf verschiedenen Hochzeiten getanzt und wusstest nicht mehr, wo du welchen Tanzschritt gemacht hast? Ach, hör auf, so war es nicht, sagst du. Aber ich fand, man muss ein bisschen Tempo rausnehmen. Immer schön gemütlich. Nichts überstürzen. Du warst ziemlich direkt, obwohl deine Sätze manchmal ganz schön schwer zu verstehen waren. Und dann hast du dir gedacht, lassen wir sie doch ein bisschen warten, die bleibt schon an der Angel, oder was, frage ich. Bist du ja, sagst du und lächelst unverschämt. Kaum zu glauben, dieses Selbstbewusstsein. Dabei war ich kurz davor, wieder mit dem Anderen loszuziehen. Es hat gestürmt und keine Antwort von dir – und er wollte mit mir irgendwohin in die Sonne fahren. Das war mal ein Angebot. So direkt und fassbar – ohne zu zögern. Das ist auch eine Charaktereigenschaft – vielleicht hätte ich mir das wirklich überlegen sollen. Dann hättest du dir wieder einen Sonnenbrand geholt, irgendein Bananenmousse unter dem Vollmond gegessen und trotzdem von mir geträumt, sagst du. Ich kenn dich doch.

Meinst du etwa, ich hätte von dir geträumt, wie du eine Zigarette nach der anderen rauchst – mir womöglich noch ins Gesicht – und von irgendwelchen Projekten erzählst, die demnächst den großen Durchbruch schaffen würden? Bestimmt nicht, das wäre reinste Zeitverschwendung gewesen.

Apropos Zeit. Ich hatte mal eine Zeit, die fühlte sich wie Liftfahren an, einfach nur abwärts und ohne Halt. Wer hat dich da gestoppt, fragst du. Ich mich selbst. Ich lag nur im Bett, hab gelesen und mir den Frühling erträumt. Und dann ist er tatsächlich plötzlich da gewesen.

Wie die Raupe zum Schmetterling, sagst du. So in etwa. Du hast mir mal eine Karte geschrieben, sage ich, darauf stand: Ich bin eine Fledermaus. Schmetterling und Fledermaus – passt das, fragst du. Jedenfalls können beide fliegen. Ich habe mal etwas Faszinierendes gelesen, sagst du jetzt. Zugvögel, welche nachts fliegen, orientieren sich nach den Sternen. Irgendwie schön. Das könnten wir doch auch. Jetzt weiß ich, warum ich mich immer verfliege, sage ich, ich sehe die Sterne einfach nicht vor lauter Wolken.

Weißt du noch, als du mitten im Winter in den Süden fuhrst, um dort den Sommer zu suchen, frage ich. Du: Ja – und du warst zur gleichen Zeit in den Bergen.

Im tiefsten Winter. Meine Sehnsucht nach dir war unerträglich. Alleine und verloren irrte ich den Berg rauf und wieder runter. Die schmalen, lärchengesäumten Wege schlängelten sich den Berg hinauf. Wie Adern. Ich meinte ihr Pochen zu hören und war fest überzeugt, es sei dein Herzschlag.

Manchmal war es so still, dass ich die Schneeflocken auf meine Jacke fallen hörte.

In der Stille wurden meine Gedanken laut. Ich wünschte mir, ich wäre verloren in der Weite Patagoniens, statt verloren im Leben. Du hast es besser ausgehalten, diese Leere. Vielleicht wegen der Sonne im Süden. Oder vielleicht wegen dem Wein, sagst du. Es sind doch immer die winzigen Details, die das Vergessen so schwer machen.

Wie abertausende winzige Sterne haben sie das Herz erleuchtet und die Türen zum Horizont geöffnet. Du siehst ja doch Sterne, sagst du.

Die Hibiskusblüte in Mexico hat auch geleuchtet. So klein, aber mit ihrer Kraft hat sie ihre Farbe zum Scheinen gebracht. Klein und unzerstörbar lag sie auf diesem Weg. Der Weg ausgetrocknet von der Mittagssonne, heiß die Kieselsteine – staubig, keine Fruchtbarkeit. Kein Leben auf diesem Weg – aber manchmal verirrte Touristen mit verbrannten Beinen, zu kurzen Shorts oder Lastwagen mit Arbeitern, die in den dornigen Gebüschen nach ein wenig Schatten suchten – nach Kühle.

Und irgendwie war diese Hibiskusblüte dort hingekommen – getrieben vom salzigen Meereswind, ist sie dort gelandet. Ich habe sie aufgehoben – habe sie zwischen meine Zehen gesteckt. Zwischen dem großen und den kleinen. Deine große Zehen sehen aus, als ob sie die Welt erobern möchten, hast du gesagt. Danach haben wir uns geliebt, auf dem kühlen Boden, du mit deiner Hibiskusblüte zwischen den Zehen und neben uns die Kakerlaken.

Das Leben feiern, sagst du. Das fällt mir so viel schwerer als dir, sag ich. Dabei tanzt du manchmal, als ob es kein Morgen mehr gäbe, sagst du. Das ist reinste Verzweiflung, sag ich. Weltuntergangsstimmung. Die Welt ist bei dir schon ein paar Mal untergegangen. Oder du mit ihr. Bist in die Tiefe gesunken – was hast du dort gemacht, fragst du. Ich wurde eine Meerjungfrau. Mit Seetang im Haar.

Mit solchen Haaren wie deinen muss man ein wildes Herz haben, sagst du. Aber manchmal zerreißt es fast, sage ich.

Wieso finden wir die Nacktschnecken so hässlich und die mit dem Haus irgendwie schön, frage ich. Ich habe noch nie eine Nacktschnecke gerettet, dafür so viele mit Häuschen. Wie ungerecht. Wenn das bei den Menschen auch so wäre? Du könntest ein wunderbares Herz haben, gehörst aber zu den Nacktschnecken.

Du kannst beruhigt sein, du wärst eine Schnecke mit Haus, sagst du – mit deinen Augen und deinem schiefen Mund. Wenn du wüsstest, wie oft ich mich wie eine Nacktschnecke gefühlt habe, sage ich.

Du hast mal die Pflanzen auf dem Balkon so oft gegossen, dass die Schnecken kamen, sagst du. Wir hätten ein Schneckenwettrennen veranstalten können. Wären die mit oder ohne Haus gewesen, frage ich.

Kann man etwas vermissen, das man nicht kennt? So ging es mir am Anfang mit dir, sage ich. Als du in meinem Leben aufgetaucht bist, bekam meine Sehnsucht ein Gesicht. Und als du so schnell wieder untertauchtest, vermisste ich einen Fremden. Das war fies, irgendwie. Wie ein Schokoladeneis, das einem in den Händen zerrinnt, bevor es den Gaumen berührt. Aber man weiß ganz genau, wie es geschmeckt hätte. Oder wie das ausgegangene

Bier nach einer Bergwanderung, sagst du. Vielleicht auch einfach eine Wüstendurchquerung und am Schluss wartet nicht der See, sondern die Fata Morgana, sage ich.

Ich werde mir selbst manchmal überdrüssig, sagst du. Da hilft es auch nicht, wenn ich mir einen Bart wachsen lasse und die Zigarettenmarke ändere.

Eines Morgens bin ich aufgewacht und mir wurde klar, dass ich mich verrannt hatte. Total verrannt. Und der Weg da raus kam mir wie ein unüberwindbares Labyrinth vor. Keine Chance auf einen schnellen Ausgang. Wir sind die verlorene Generation, sage ich. Immerzu auf der Suche, nie am Ziel. Verdammt anstrengend. Und diese großen Bilder, diese Sehnsüchte – die so gar nichts mit dem Alltag zu tun haben. Und doch vergleichen wir ihn ständig mit unseren Vorstellungen. Die Überschätzung des Glücks, sagst du.

Letzte Woche habe ich einen Doppelregenbogen gesehen, sage ich.

Versinken im Hier und Jetzt. Untertauchen. Einen Winterschlaf machen. Ausklinken aus dem Alltag – einen neuen, eigenen erschaffen.

Das wollte ich immer, sagst du. Den Wind wieder an den Fensterläden rütteln hören. Regen spüren, der einem ins Gesicht peitscht. Der all den Alltagsstaub wegwäscht.

Und dabei die Tränen verdeckt, sage ich.

Wir sind doch alle auf der Suche nach ein bisschen Liebe. Überall, an jeder Ecke wird über die Liebe geredet, sie gesucht, sie verloren, beweint ...

Mein Herz ist dir einfach so zugeflogen, sage ich. Dabei habe ich mich lange gefragt, ob mein Herz noch existiert. All die Narben.

Die haben wir alle, sagst du. Yo quiero volver contigo por el mundo.

Das sind wir, sage ich, mit dem Flugzeug und auch sonst. Manchmal tief, manchmal hoch. Und noch immer, sagst du. Obwohl uns die Liebe mal fast zwischen den Fingern zerronnen wäre, sage ich.

Gezweifelt habe ich ab einem Satz. Tage-, nächtelang.

Kann ein Satz alles beenden, alles zerstören? Ein einziger Satz, ein paar läppische Worte, aneinandergereiht, ein paar Buchstaben, zusammengefügt? Kann er das? Ein Leben hat tausend Sätze, sagst du.

Nur, ich habe auf einen einzigen Satz gewartet, der nicht kam, sage ich. Da wäre ich zum ersten Mal froh gewesen, einen Gott zu haben, zu dem ich hätte beten können. All die Stoßgebete, die hätten wenigstens einen Adressaten gehabt, an dir sind sie ja vorbeigegangen!

Die Melancholie war von Anfang an unser Begleiter, sage ich. Sie gehörte schon immer zu uns. Zu dir, zu mir und dann zu uns. Wer wären wir ohne sie, fragst du. Das Dunkle würde mir fehlen, obwohl ich es meistens verfluche, sage ich. Schwarz steht dir, sagst du.

Wenn die Nächte lang sind und dein Augenmakeup verschmiert, dann hast du was Dramatisches, das fasziniert. Und wenn dein Bart meine Wangen zerkratzt, fühle ich mich komplett, sage ich.

Du warst mal in meiner Stadt. In dieser Zeit, in der uns die Liebe abhandengekommen ist. Deshalb führte dein Weg nicht zu mir und doch glaubte ich zu wissen, welchen Weg du gehen würdest.

Ich hätte deinen Schritt unter all den anderen Schritten blind erkannt, sage ich. Aber du wolltest unerkannt bleiben. Die Sonne hat geschienen und ich fragte mich, wie meine Stadt, so ohne mich, für dich nun sei. Bist du über die Brücke gegangen und hast dir den Fluss angeschaut, dabei daran gedacht, wie wir darin geschwommen sind?

Der Tag, an dem du in meiner Stadt warst, ohne mich, da war meine Stadt so anders für mich. Überall glaubte ich dich zu sehen, dich zu riechen, zu spüren. Du warst da und doch nicht.

Ich war in diesem Augenblick du und ich und uns – alles in einem, sagst du. Und doch haben deine Finger die Telefontasten nicht gefunden, sage ich.

Sich durch den Dschungel der Gefühle kämpfen. Sich verlieren, nicht wiederfinden und doch nicht aufhören können. Zu viel rauchen, zu viel trinken, fremde Frauen küssen und nichts von dem finden, was man verloren hat. Statt innezuhalten weitermachen. Ich war verdammt leer in dieser Zeit, sagst du.

Und mein Herz hat geblutet. Ich wusste gar nicht, dass das Herz physisch schmerzen kann. Dass jeder Herzschlag eine Anstrengung sein kann, sage ich. Wochenlang bin ich am Morgen aufgewacht und habe dich neben mir gesucht. Doch du warst nicht mehr da. Das Loslassen, das war eine Herkulesaufgabe. Das mir Liebste loslassen. Verdammt schwierig war das. Daran bin ich so oft gescheitert, sage ich.

Dass aus etwas so Schönem so viel Schmerz entstehen kann. Nur was dir wirklich nahe kommt, kann dir auch so weh tun, sagst du. Die Hölle liegt gleich neben dem Paradies. Schwarz oder weiß. Wo bleiben die Nuancen, frage ich.

Weißt du noch, als wir Anfang des Frühlings in die Provence fuhren?

Weg von den wintergezeichneten Landschaften direkt in diese Explosion der Natur. Als meine Augen auf dieses pralle Grün trafen, wusste ich, was ich vermisst hatte, sage ich. Vielleicht haben wir dieses Grün gebraucht, um noch einmal anzufangen, sagst du. Ein fulminanter Neustart! Mit allem Drum und Dran: den Schmetterlingen, den Sternen, dem Vulkanausbruch. Immer höher und höher, so bist du, sagst du. Bis ich mir die Flügel an der Sonne verbrenne, sage ich.

Irgendwann habe ich mich von der Sehnsucht verabschiedet, sage ich. So ganz plötzlich, so ganz unerwartet. Dabei hat sie mich das halbe Leben lang begleitet. Sie war mir das Wichtigste. Sie war der Motor meiner Träume, sie machte mich lebendig, sie half mir, das Leben leichter zu nehmen. In ihr konnte ich versinken, mich treiben lassen, in das Unendliche wachsen. Wegen ihr vergoss ich viele Tränen und liebte dennoch jede, die mir über die Wange lief. Sie war für mich das sichere Gefäß, welches all meine Gefühle aufnahm – so lange sie irgendwie in die Rubrik Sehnsucht passten. Und das taten sie meistens. Achtzig Prozent der Gefühle gehörten in die Dose der Sehnsucht – der Rest war Wut. Zwanzig Prozent waren geballte Wut. Wut auf egoistische Menschen, auf undemokratische Regierungen, auf Ungerechtigkeiten, auf das Universum und immer wieder auch auf mich.

Aber am Leben hielt mich die Sehnsucht. Immerhin satte achtzig Prozent davon. Das reichte für Höhenflüge ins Weltall und wieder zurück. Mindestens. Aber es reichte vor allem aus für all die Träume, getränkt in Sehnsucht.

Woher kommt deine Abneigung gegen das Banale, fragst du. Darin bist du so radikal wie gegen jegliche Fremdbestimmung. Dabei sind wir doch immer ein bisschen Knecht, sagst du.

Warum gibst du den Kampf so schnell auf, frage ich.

Mehr Träume, mehr Tiefgründigkeit, mehr Echtheit, mehr Leidenschaft, mehr Großzügigkeit, mehr Gelassenheit, mehr Ankommen statt Weggehen, mehr Bücher, mehr Bescheidenheit und Demut, mehr Solidarität, mehr Einzigartigkeit, mehr Mut zur Unvollkommenheit, mehr Differenziertheit.

Deshalb bewundere ich diese zarten, kleinen Bergblumen, die irgendwo aus dem Fels sprießen. Unheimlich stark sind die und strahlen diese verletzliche Schönheit aus. Da werde ich immer ganz demütig, sage ich. Stark und verletzlich. Das widerspricht sich nicht.

Du solltest Dichterin werden und ich werde dein erster Verehrer.

Sich die Freiheit zu erschreiben, das wäre was, sage ich.

Die Freiheit im Alltag finden, darauf kommt es an. Nicht auf fremden Kontinenten umherirren und die Freiheit mit dem Fahrwind auf dem Motorrad durch Hanoi verwechseln. Freisein ist, wenn man weitertanzt, auch wenn man die letzte Person auf der Tanzfläche ist und der DJ nur noch für dich auflegt, sage ich. Du warst nicht alleine, sagst du, ich war mit dabei. Ich war trotzdem verdammt frei, sage ich.

In Gedanken habe ich dir ständig geschrieben. Jeden Tag. Ich habe mir immer wieder vorgestellt, deine Nummer zu löschen, damit ich es nicht wirklich tat. Als diese Gedanken aufhörten, fingen die Träume an. Jede Nacht. Eines Morgens wachte ich glücklich auf. Da wusste ich, du bist noch da, sage ich.

Ich kannte einmal ein Kind. Es hatte viel Gewalt erlebt in der eigenen Familie. Trotzdem malte es alle Familienmitglieder auf sein Bild. Niemand fehlte. Mama, Papa, Bruder, Schwester. Alle zusammen. Und alle waren als Engel gezeichnet. Vielleicht hat sie auch von ihnen geträumt. So wie ich von dir. Davon, wie es besser sein könnte. Schöner. Liebe ohne Schmerzen.

Einmal, nachts, da bin ich mit dem Fahrrad durch den Nebel gefahren. Der Nebel schlug den Lichtkegel meiner Fahrradlampe auf mein Gesicht zurück. Fahrradfahren in den Wolken. Und dabei gibt es in meiner Stadt nie Nebel. Aber auch keine Sonnenuntergänge. Nicht so, wie in der anderen Stadt. Da habe ich den schönsten gesehen.

Warum denkt man immer wieder, man sehe gerade den schönsten Sonnenuntergang überhaupt? Und warum kann man die wahre Schönheit eines Sonnenuntergangs nie fotografisch erfassen, fragst du. Ich mag die kitschigen Sonnenuntergänge nicht. Nicht die hinter glattem Wasser, umrahmt von Palmen. Viel mehr die, die sich dort ereignen, wo man sie nicht erwartet. Irgendwo über hässlichen Dächern. Zwischen Schornsteinen. Ihnen wohnt so viel mehr Schönheit inne. Sie berühren, weil sie auch inmitten von Hässlichkeit leuchten können. Das muss man mal können.

Man muss auch die Tiefe aushalten, sagst du. Oder sie überhaupt erst wollen, sage ich, sich ihr hingeben. Vielleicht bedarf es dieser Zerbrechlichkeit, dieser Zartheit, dieser von unendlicher Sehnsucht getränkten Seele – damit eine große Leidenschaft überhaupt existieren kann. Was, wenn wir ihr uns beide getraut hätten, uns ihr hinzugeben – von Anfang an? Wenn wir uns voller Mut in diese Tiefe gestürzt hätten? Wo wären wir dann jetzt, fragst du. Irgendwo dort, wo es glitzert.

Vielleicht geben wir uns einer tiefen Leidenschaft niemals vollständig hin, weil wir von Anfang an fürchten, dass sie in ihrer Intensität nicht lange existieren kann. Wann haben wir aufgehört, daran zu glauben, dass etwas von unglaublicher Tiefe bestehen kann? Dass es nicht der Alltag ist, der uns davon entfernt, sondern vielmehr das fehlende Vertrauen in dieses Gefühl. Können wir dorthin, wo wir nie waren, und etwas leben, was wir nie hatten, frage ich. Und hatten wir es nie, weil wir es nicht sahen oder weil wir es nicht zuließen?

Wie würdest du mich denn sehen mit diesem Blick, fragst du. Ich würde mich deiner Verletzlichkeit annehmen, sage ich. Die hattest du immer, nur hast du gleichzeitig diese Coolness, die das irgendwie verdecken will. Du bist groß, das lässt einen oft vergessen, dass ein großer Körper auch eine sensible Seele haben kann. Als du mich das erste Mal geküsst hast, war ich danach erstaunt, dass das überhaupt ging. Du so groß und ich so klein. Ich musste mich in deinen Haaren festkrallen, um nicht abzustürzen. Du hast dich danach einfach umgedreht und bist gegangen, sagst du.

Als ich in diesem anderen Land, in dieser anderen Stadt war – hatte ich manchmal so große Sehnsucht nach dir. Besser gesagt, mein Bauch hatte Sehnsucht nach dir. So, dass er sich manchmal richtig hinausstülpte – in deine Richtung. Da hätte er sich aber sehr weit strecken müssen, sagst du. Du hättest nur deine Hand drauflegen müssen, sage ich. Danach habe ich mich so gesehnt, deine Hand auf meinem Bauch. Ich wusste genau, wie es aussehen würde, nur wie es sich anfühlt, das konnte ich mir nicht vorstellen. Was hätte ich dann machen müssen, fragst du. Ihn streicheln, damit er sich wieder eingezogen hätte. Wie der Kopf einer Schildkröte. Zieht die Schildkröte ihren Kopf nicht nur bei Gefahr ein? Nein, sage ich, vielmehr für eine blitzschnelle Bewegung des Kopfes bei der Jagd auf Fische. Mein Bauch hätte nur Jagd auf deine Hand gemacht.

Ich mag es, dass ich mich emotional an dir reiben kann. Aber es gab auch eine Zeit, in der ich mich von dir distanzieren musste. Weil es uns so plötzlich nicht mehr gab. Und ich mir vorstellte, dass das mit dir wie ein Kuchen ist, aus dem man gewisse Stücke rausgeschnitten hat. Das Stück der Anziehung, der Leidenschaft, des Begehrens. Denn diese durften nicht mehr sein. Und ich wollte den Kuchen trotzdem verzweifelt retten. Die fehlenden Stücke wieder auffüllen. Mit Verbundenheit, mit Freundschaft, mit gegenseitiger Unterstützung. Das sollte doch möglich sein. Den Kuchen wieder flicken. Er wäre nicht mehr der gleiche, aber trotzdem schön. Und auch wieder ganz in sich.

Warum ist man in der Ferne seinen Gefühlen so viel näher? Warum erscheinen sie aus der Distanz so viel klarer, radikaler, großzügiger und eben auch deutlicher? Als ich in diesem anderen Land war, hoffte ich, dass all die Kilometer zwischen uns auch die Distanz unserer Herzen zueinander vergrößern würden. Das hätte doch möglich sein müssen. Ein neuer Alltag ohne dich in der Nähe. Ein Alltag mit vielen neuen Gesichtern, schönen Gesichtern – die helfen, die alten Gesichter zumindest langsam verschwinden zu lassen. Und dass sich mit der verschwindenden Erinnerung an dein Gesicht vielleicht auch das Vergessen der Gefühle einstellt. Ist es wirklich die Seele, die Gefühle speichert, oder vielmehr das Gehirn? Manchmal habe ich geradezu die Tage gezählt, wie lange ich dir nicht schreiben wollte. Selbst auferlegter Entzug sozusagen. Und immer hast du gerade dann geschrieben, wenn ich schweigen wollte. Dann wollte ich eben reden, sagst du. Hast du gemerkt, dass ich schweigen wollte, frage ich. Ich habe zumindest gemerkt, dass ich ohne Antwort von dir schlecht zurechtkam, sagst du.

Manchmal hatte ich das Gefühl, dass es wie ein Seilziehen war. Wenn der eine schweigen wollte, fing der andere an zu schreiben und umgekehrt. Jedenfalls hat niemand wirklich losgelassen, dabei war doch das ein Ziel, oder, frage ich. Geht es beim Seilziehen nicht eher darum, den Anderen auf seine Seite zu ziehen, näher zu sich, fragst du. Nur konntest du das nicht klar benennen, dein Ziehen, sage ich. Ich war gefangen in meiner Fantasie, die ich zurückzuhalten versuchte, sagst du.

Manchmal habe ich dich gegoogelt. Auf der Suche nach neuen Bildern von dir. Nach anderen Gesichtsausdrücken, vielleicht solchen, die ich noch nicht kannte. Wenn ich dich schon nicht in dieser Stadt suchen konnte, dann zumindest in the World Wide Web. Hast du was gefunden, fragst du. Natürlich. Es hat mich gerührt, dich zu finden in diesem Riesennetz. Dein Bild, dein Gesicht so nahe und gleichzeitig so gar nicht hier. Ich hab dich herangezoomt, jede Falte studiert. Fasziniert von deinen Ohrenläppchen, die ich sonst noch gar nicht so wahrgenommen hatte. Und du hast davon gar nichts gemerkt.

Welche Falten, fragst du.

Ich wollte dir so gerne diese Stadt in diesem fremden Land zeigen. Diese Stadt, die so ist wie ich. Mal strahlend und leicht, mal tief und schwer und immerzu ein Hauch von Melancholie über den Dächern. Ich hätte dir all die Plätze gezeigt, die mich in ihrer schlichten Schönheit berührten. Die Plätze, die ich mit dem anderen Mann besucht habe und dabei an dich dachte. Ich habe mich an ihn gelehnt und versucht, dich in ihm zu finden, frag jetzt nicht, ob es gelungen ist. Es muss doch irgendwie möglich sein, sich mit dem Kopf zu verlieben, das Herz kann sich ja genauso verrennen.

Dann hättest du jemand anderen gewählt und nicht mich, fragst du. Nein, ich hätte dich gewählt, aber in einer anderen Situation. Ich hätte dich wie bei Photoshop rausgeschnitten und in eine andere Umgebung gesetzt. In eine Umgebung, wo du frei wärst, wo es nichts gegeben hätte, das uns im Weg gestanden hätte. Dich pur. Nur du und deine Seele und dein Lachen. Also du auf einem weißen Blatt und dann hätten wir den Rest gemeinsam gezeichnet.

Das weiße Blatt gibt es nie, sagst du. Aber warum ist es so schwierig, immer wieder mal neu anzufangen im Leben? Was hält uns nur so gefangen? All die Gedanken, die Vorstellungen, wie etwas sein müsste, die könnte man doch auch einfach mal sein lassen. Das berühmte Loslassen, wie ich es hasse, sage ich. Es redet sich so gut daher und es ist so gar nicht machbar. Erst wenn es einem gar nichts bedeutet, dann kann man sich cool hinstellen und sagen, du, ich bin jetzt völlig darüber hinweg. Aber bis dorthin ist es verdammt schwierig. Was hält einen nur an Dingen fest, die so gar nicht zum Festhalten sind? Dieses Wirrwarr zwischen Kopf und Herz, das macht mich manchmal ganz verrückt. Wer soll denn da noch wissen, auf was man hören soll. Sich einfach treiben lassen, sagst du.

Du kannst ja gut reden, sage ich. Dir läuft auch die Zeit nicht davon. Als ich in dieser anderen Stadt war, wollte ich ein Kind alleine bekommen. Es wäre so einfach gewesen. Und ich stellte mir vor, wie gut das wäre, so unabhängig von einem Mann zu sein. Die eigenen Träume nicht dem Schicksal in die Hand zu geben. Nicht darauf hoffen müssen, dass dieser Mann noch kommt, der einem den eigenen Traum ermöglicht. Denn dann ist es ja der eigene Traum. Ich habe ihn auch gehabt, sagst du. Nur erst viel später, sage ich.

Ich wollte nicht verzweifelt sein und war es dann doch. Und dann ging ich in diese Stadt mit diesem Plan und dort fühlte sich alles anders an. In dieser Einsamkeit wäre ich fast ertrunken. Ich sank immer mehr in diesen Sumpf und jeder Schritt zog mich noch mehr in die Tiefe. Statt frei und leicht und unabhängig zu sein.

Ich wollte kein Kind alleine, es fühlte sich in diesem Augenblick so schrecklich einsam an. Das Bild von Mutter, Vater und Kind war so stark in mir, ich konnte es nicht loslassen. Es war, als ob ich mich selbst aufgeben würde, wenn ich dieses Bild losließe. Ich war wütend, in dieser Situation zu sein. Ich wollte jung sein, wollte einen Körper, der mir noch viel Zeit lässt. Ich hätte liebend gerne noch mal von vorn angefangen. Studieren, die Welt entdecken, alles noch offen. Zum Glück hast du gewartet, sagst du. Aber damit habe ich nicht rechnen können. Wer weiß das schon. Es hätte genauso nicht klappen können. Und den Glauben daran aufrechtzuerhalten, hat mich manchmal so müde gemacht, dass ich kaum mehr die Augen öffnen mochte. Diese Schwere, dieses immerzu daran glauben an das kleine Fünkchen Hoffnung. Es war kein Feuer mehr, es waren nur noch ein paar winzig kleine glühende Kohlenstückchen. Sehr, sehr kurz vor dem Verlöschen. Und gleichzeitig wusste ich, dass es doch nur einen Funken brauchte und das Feuer würde wieder auflodern. So warst du immer, sagst du. Kurz vor dem Vulkanausbruch.

Meinst du Lava, die dann alles, was sie berührt, verbrennt, frage ich. Man kann auch mitbrennen, sagst du.

Brennen für etwas, ich wollte immer für etwas brennen, sage ich. In einem Raum sein mit Leuten und in Stille und gleichzeitig merken, dass wir eins sind. Eins – in dem Brennen für etwas. Am liebsten eins in dem großen Denken. Denken ohne Grenzen und sich dabei nicht ermutigen lassen. Bis zum Mars und weiter. Nicht gegen etwas, sondern weiter. Wieder das weiße Blatt, sagst du. Aber irgendwo muss man doch hin mit dieser Leidenschaft. Manchmal muss man doch in der Leidenschaft versinken können. Wie du und ich. In diese unglaubliche Tiefe sinken und dann noch tiefer. Mit dem Gefühl, auch wenn es nur für diesen Moment ist, es lohnt sich. Sogar wenn es das Ende wäre. Warum geht die Leidenschaft im Alltag so schnell verloren, weshalb weiß man nach kürzester Zeit nicht mehr, wie es sich anfühlt – die Leidenschaft, frage ich. Warum ist so schnell all der Dreck und Schlamm wieder oben drauf und das Pflänzchen der Leidenschaft erstickt in seinem Keim? Weil man einfach funktionieren muss, sagst du.

Du hast mir mal dieses Foto von dir geschickt, sagst du. Mit deinen Beinen und dahinter das Meer mit dem aufkommenden Gewitter. Deine Beine schienen so zart und fein. Ich hätte sie so gerne gestreichelt in diesem

Moment. Du hast mir zurückgeschrieben, dass Gewitter stark machen, sage ich.

Apropos Körper, wusstest du, dass es im Dänischen ein Wort gibt, das Körperglücklichkeit meint? Kropsglad. Ist das nicht wunderschön? Im eigenen Körper glücklich sein. Das sollten wir doch alle und sind wir so selten. Wir lieben die Körper anderer, aber unseren kaum. Ich habe mich nach deinem verzehrt, sagst du.

Und ich wäre mal fast verhungert. Aus Hunger nach Berührung. So lange ohne Nähe. So lange ohne jemanden, der meine Hand hält, der meine Stirn küsst, der meinen Bauch streichelt. Man kann an Einsamkeit sterben. Und sie macht verdammt wütend. Weil man ja nichts dafür kann. Dass da niemand ist, der einem die Mücke, die ins Auge fliegt, rausfischt. Dass da niemand ist, der einem die Hand auf den Rücken legt und einen leicht anstößt beim Fahrradfahren. Dass da niemand ist, der einem die Tasche hält, wenn man auf ein öffentliches WC muss. Dass da niemand ist, der mit einem nach einer lauten Party durch die leise Nacht fährt. Dass da niemand ist, der einen gleich nach dem Aufwachen küsst.

Dass man durchtränkt ist vom Gefühl des Verlassenseins.

Und überall um einen herum gefühlt die glücklichsten Paare. Oder auch nicht glücklich oder nur halbglücklich. Aber immerhin nicht alleine.

Ich hätte dich so gerne zu mir gebeamt, für einen Moment durch diesen luftleeren Raum ohne Grenzen und Schranken. Überall habe ich dich gesucht, überall habe ich dich gefunden geglaubt. Deinen Namen an einer Wand, in einem Buch – oder auch nur den Anfangsbuchstaben. Mal groß, mal klein. Kleine Details, die mir einen Sekundenblitz lang das Gefühl gaben, du seist hier.

Es ging zu schnell, das Beamen, sagst du. Vielleicht liegt es in der Natur des Beamens, dass es nur flüchtig sein kann. Nur ein Hauch eines Moments, ein Aufleuchten, ein Aufflackern. Vielleicht wäre auch alles andere zu viel gewesen. Ein Sinnestupfer, sagst du. Wie der Flügelschlag eines Schmetterlings. Schön und zart und nicht festhaltbar. Aber dafür auch nie entzaubert.

Ich hätte fast Schiffbruch erlitten, sage ich. Auf letzter Strecke. Segel zerrissen, Mast geknickt. Der Sturm war besonders schmerzlich. Und die Ausläufer des Sturms haben mir noch lange unerwartet Wellen gebracht. Es schien, als ob ich im Sturm die kostbare Ware verloren hätte. Die kostbare Ware in Form von Zuversicht, Leichtigkeit und Träumen – sie ging mit den Wellen über Bord. So sehr, dass das Schiff am liebsten ganz in die Tiefe hätte sinken wollen. Aber wie immer erscheint dann unerwartet der Leuchtturm in der Ferne und zeigt einem sanft und hell und leuchtend den Weg nach Hause.

Ich habe in die Ferne geleuchtet, sagst du. Vielleicht wollte ich das Leuchten, dein Leuchten nicht sehen, sage ich. Wusstest du, dass das Glühwürmchen bis zu zwei Jahre als Larve verbringt, bevor es anfängt zu leuchten? Aber es leuchten nur die Weibchen. Sie leuchten, um die Männchen anzulocken. Wenn aber ein weibliches Glühwürmchen nicht leuchtet, gibt es auch keine Männchen. Naturgesetz.

Leuchte weiter, du verrückter Diamant.

Als ich zurückkam, fühlte es sich so an, als ob ich sehr lange weg gewesen war. Mein Kopf war voll abertausender Eindrücke und Bilder. Als ich die Haustüre aufmachte, fühlte es sich so an, als ob ich nie weg war. Alles war genau gleich. Hier vermisste ich die andere Stadt, dort vermisste ich die Leute von hier. Ein stetiges Hin und Her. Als ob es nicht aufhören will, als ob es nicht ausgeglichen sein kann. Wie ein Kaugummi mit der Spanne von einem Ort zum anderen. Und ich hänge irgendwo dazwischen. In der anderen Stadt fühlte ich mich frei. Und gegen Ende der Zeit überfiel mich die Panik. Ich wollte die Tage festhalten, denn es war die Freiheit, die davonlief. Hier ist es eng. Das ist die Nestwärme, sagst du.

Oder die Hafenmauern, sage ich. Wenn man eine Familie hat, hat man den Hafen eigentlich immer um sich. Egal, wohin man geht. Floating Harbour quasi.

Der Blick in die Weite.

Die Gedanken versunken, tief.

Hier und doch nicht hier.

Voller Bilder, die nicht erklärt werden

können.

Das Gefühl von Abschied und gleichzeitig zuhause ankommen.

Die Weite der Welt erkennen und gleichzeitig die Weite der Gefühle fühlen.

Fragil und gleichzeitig stark.

Traurig über alles, was vorbei ist, traurig über alles, was nicht war, hoffnungsvoll über alles, was noch kommt.

Innehalten, erstaunt sein über die Vielfalt des Lebens.

Lebendig.

Manchmal will ich kurz die Welt anhalten und aussteigen, sage ich. Für einen Moment. Aus dem Drehen raus. Und, von weit weg, nichts mehr als diesen kleinen blauen Planet anschauen.

Und von Stern zu Stern hüpfen, fragst du.

Du hast mir mal mitten in der Nacht geschrieben, ob mich auch der Regen erwischt
hätte, sage ich. Du bist davon ausgegangen,
dass ich genau zur gleichen Zeit wie du mit
dem Fahrrad durch den Regen gefahren bin.
Und da du nass geworden bist, so wäre ich das
auch. Dabei hätte ich doch ganz woanders sein
können oder ich hätte den Regenmantel ange-
habt und nichts hätte mich erwischt. Vielleicht
hätte mich das getröstet, beide im Regen, sagst
du.

Also doch manchmal aussteigen, sage ich.
Oder zum Mond fliegen sagst du. Die Seele
hängt irgendwo. Vielleicht im Vermissen.

Wie oft habe ich dich vermisst. So sehr, dass
selbst dein Wimpernschlag in meine Richtung
sich anfühlte wie ein sanftes Streicheln. Wir
waren im selben Raum und doch voneinander
getrennt. Es gab nichts, was uns den Weg zueinander gezeigt hätte. Keinen einzigen Weg-

weiser. Nur, immer wenn ich aufschaute, fiel ich in die Tiefe deiner Augen.

Mein Herz hat dir zugejubelt, sagst du. Und mein Herz und mein Körper sind in eine Richtung gerannt, während der Kopf in die gegengesetzte Richtung sprang. Flucht pur. Kopf und Herz auseinandergerissen. Es ist so schwer, sie zu vereinen, sagst du.

Manchmal ist mir mein Herz davongaloppiert. Ich hoffte, es zerschmettert nicht an der nächsten Wand. Wie wäre das Leben wohl, wenn wir nur nach unseren Herzen lebten? Wenn Herzen sprechen könnten. So wie die Kinder, die weinen, lachen, wütend werden – alles in einer Stunde. Was passiert mit all den Tränen, die wir nicht mehr weinen dürfen, frage ich.

Sie sind Steine auf unsere Seele, sagst du. Manchmal sogar das Matterhorn.

Ich wünschte mir so oft, ich könnte meine Gefühle für dich in eine Kapsel packen, sage ich.

Und wie oft habe ich das zwischen dir und mir versucht zu beenden. Weil es nicht sein sollte. Weil es uns zwei nur dort gab, wo die Welt schwebte. Meistens irgendwo dazwischen. Und am besten gab es uns, wenn ich dort war und du hier. Weite Distanzen, die uns schützten und gleichzeitig die Sehnsucht so viel größer werden ließen. In der Ferne, mit vielen Kilometern zwischen uns, konnten wir unsere Träume von uns ins Unermessliche bauen. Luftschlösser.

Mit gutem Fundament, sagst du.

Die Welt wurde viel größer durch dich, sage ich. Bis du die Türen wieder geschlossen hast, sagst du. Schließen musste, sage ich. Schließen, obwohl ich sie weit öffnen wollte. Obwohl ich die Türe viel lieber ausgehängt hätte, damit nichts mehr diesen Stromkreis zu dir schließen könnte. Es hat mich zerrissen, diese Türe zu schließen. Ich schloss die Tür und gleichzeitig zersprang mein Herz in tausend Stücke. Trümmer. Und einem Tränenmeer.

Wann hat man eigentlich die letzte Träne geweint, fragst du?

Wenigstens kannst du so schön weinen. Wie, als wir uns zum ersten Mal wiedersahen. Als wir versuchten, die Balance zwischen uns wiederzufinden. An einem sicheren Ort, so nannten wir es. Mit einer Distanz von mindestens einem Meter. Zwischen vielen anderen Augenpaaren. Alles andere wäre zu gefährlich gewesen. Und als du mich sahst, hast du angefangen zu schluchzen. Dabei wollte ich so cool sein, sagst du. Für dich den Abstand zwischen uns nehmen. Mich von dem verabschieden, was so emotional war, so bewegend, so bezaubernd.

Du hättest jedes Wort sagen können, aber nicht das Wort bezaubernd, sage ich. Das hat mich fertiggemacht. Bezaubernd, das war in sich so zärtlich, so fein, so schwebend, so einzigartig. Das hätte es nie sein dürfen. Nach dem Zauberhaften sucht man sein ganzes Leben. Wenn man es gefunden hat, darf man es nie mehr verlieren. Entzaubern sollte es nicht geben. Du hast das Wort des Zaubern schon erwähnt, als ich noch nicht mal im Traum daran dachte, dass es mal so sein wird. Dass alles zwischen uns ein Zauber sein würde. Wahrscheinlich wusste ich erst durch dich, was zauberhaft wirklich ist. Wie es sich anfühlt. Was es mit einem macht. Und dass es immer in Verbindung mit dir existieren würde. Du hast das Wort patentieren lassen.

Es würde mich immer an dich erinnern. Es war reserviert für uns. Aber vielleicht war das auch der Grund, weshalb wir nie mehr davon loskamen, obwohl es manchmal so wichtig gewesen wäre. Wir sind verzaubert worden und es gab da nie mehr jemanden, der uns zurückzaubern konnte. Gefangen in diesem Zauber.

Ich wünschte mir manchmal, es hätte diesen Rettungsring gegeben, der mich durch diesen Sog von Zauber, Sehnsucht und Verzweiflung getragen hätte.

Leuchtturm an Rettungsring, sagst du. In die Ferne leuchten.

Wahrscheinlich braucht es den Hafen so sehr, um die Wellen etwas zu besänftigen, sage ich. Auf offenem Meer scheint man den Wellen so ausgeliefert. Irgendwann war dann auch wieder Zeit, den Hafen anzusteuern. Die größeren und kleineren Schrammen der Stürme wieder auszubügeln. Den Lack wieder zu polieren. Die zerfetzten Segeln wieder zu flicken. Nicht warten zu müssen, bis die Wunden heilen. Selber flicken. Stich um Stich. Bis man wieder seetauglich ist. Aber zuerst im sicheren Hafen hin und her schaukeln. Für eine Weile. Nicht immer dem Ruf der Sehnsucht folgen.

Ohne dein Leuchten schien mir alles so grau, sage ich. Du hattest das Licht einfach ausgeschaltet. In dem warst du konsequent. Und ohne diesen zart schimmernden Lichtkegel konnte ich dich nicht mehr erkennen. Wusste nicht mehr, was du fühlst. Wusste nicht mehr, wo du warst. Hast dich in die Dunkelheit zurückgezogen.

Mich auf dem Meer zurückgelassen. In einer Nussschale, wo mir nicht anderes übrig blieb, als mich jeder Welle zu ergeben. Die glücklichen Ameisen in meinem Bauch waren weg. Stattdessen war da dieses Brennen, salzig und bitter. Als ob jede Zelle meines Körpers weinte. Wo warst du da nur, frage ich.

Ich habe funktioniert, sagst du. Mich in meinen Kopf zurückgezogen. Das Herz eingefroren. Kann man an das Schicksal glauben? Die eigene Hoffnung in die Hände des Schicksals legen? Warten, hoffen, Sehnsucht haben oder vergessen. Eine Illusion aufbauen und sie

dann vernichten? Ich habe immer daran geglaubt, dass wir uns wiederfinden.

So viele Wochen habe ich mich nach dir gesehnt, von dieser Stadt aus. Die Sehnsucht
gehörte zu dieser Stadt. Dann war ich wieder
dort, wo auch du warst. Und obwohl uns nur
noch ein paar Straßen trennten, fühlte es sich
an, als ob du viel weiter weg wärst. Du warst
mir näher gewesen, als das Meer noch zwischen uns lag. Wir beide in derselben Stadt
und doch nicht zusammen. Die Straßen zu
überwinden schien schwieriger, als die Meere.
Und doch trafen wir uns irgendwann. Wie trifft
man sich, wenn so viel ungestillte Sehnsucht
da ist, die so lange kein Ventil hatte? Ich habe
mir so oft vorzustellen versucht, wie das sein
würde, und doch konnte ich es nicht. Und
dann war es so anders. Wir zwei wie Gefange-
ne. Keine Möglichkeit, wirklich das zu sagen,
was man wirklich fühlt. Weil es wahrscheinlich

keine Worte dafür gab. Es hätte nur Taten gegeben. Es hätte diesen Kuss gebraucht, auf deinen Hals, dessen Haut mir von Weitem so weich vorkam. Ich sah die einzelnen Bartstoppeln und stellte mir vor, wie wunderbar dieser Ort doch sein mochte. Wir hielten uns an unseren Getränken fest. Versuchten in Worte zu fassen, was nicht sein sollte. Versuchten so zu sprechen, als ob wir schon in dieser Welt wären, ohne Sehnsucht und Gefühle. Ich ertrug die Trauer in deinen Augen nicht. Und es war mir egal, dass du immer wieder versuchtest, irgendwas Unfreundliches zu sagen. Wir kämpften beide einfach mit verschiedenen Waffen. Auf dem Rückweg, fuhrst du immer schneller mit dem Fahrrad. Als ob du mich abhängen wolltest. Das wollte ich auch, sagst du. Von dir wegfahren. Von der Sehnsucht, vom Schmerz.

Und ich bin zu Hause auf dem Sofa im Tränenmeer versunken, sage ich. Mein Körper war ein einziges Meer aus Schmerzen. Ich schrie.

Ich verfluchte alles. Mein Leben, meine Gefühle, mein Herz, das sich verirrt hatte. Ich wollte auf der Stelle einschlafen und diesen Schmerz nicht mehr spüren. Einfach wegschlafen. Nicht mehr aufwachen oder in einem anderen Leben. Ich hatte mein Leben so satt. Ich heulte zwei Stunden am Stück und mein Körper heulte auch. Er bäumte sich auf, verkrampfte sich, presste diese tiefen Heulschluchzer raus.

Und dabei kam mir in den Sinn, dass du nie bei der Geburt meines Kindes dabei sein würdest. Das Kind, das es nicht geben würde. Das Kind, das es nur geben würde, wenn es uns gäbe. Und als ich dachte, dass ich einen weiteren Schluchzer nicht überleben würde, kam dein SMS. Du schriebst, wie traurig es eigentlich sei, dass du mich nicht berühren kannst und darfst, und wie traurig es sei, auf Distanz zu gehen, wenn du mich doch spüren möchtest.

Kann man sein Herz nicht austauschen, fragst du. Ich hätte meines schon lange ausgetauscht, sage ich. Gegen ein starkes Herz ohne Narben, ohne Vermissen, ohne Sehnsucht. Ein glückliches Herz ohne Schmerzen.

Wo geht man eigentlich mit all der Sehnsucht hin, die nicht sein darf, fragst du. Und wird die Sehnsucht kleiner, wenn man sie zumindest einmal gelebt hat? Kann man sie leben, nur für einmal, und sich gleichzeitig davon verabschieden? Vielleicht wird die Sehnsucht ja nur so groß, weil man sie nicht leben kann. Vielleicht würde sie ausgelebt eine andere Dimension bekommen? Kann man sie denn ausleben, frage ich. Man müsste doch eine kleine Chance haben, dass der Kopf zumindest ein wenig mit dem Herzen korrespondiert. Wie sehr ich mir manchmal wünsche, keinen Kopf zu haben. Wie wäre das Leben, so ganz mit dem Herzen? Nur davon gesteuert. Nur fühlen können, nicht denken. Keine Worte haben für das, was sowieso nicht gesagt werden kann. Immer diese Worte, sagst du. Apropos Worte. Weißt du noch?

Eine Nacht voller Worte mit deinem besten Freund. Keine Müdigkeit, nur die Dunkelheit, der Wein und mein aufgebrochenes Herz. Und draußen gingen die Feuerwerke hoch. Ich mag die tausend kleinen Punkte, die wie goldene Regentropfen vom Himmel fallen. Nur den Knall mag ich nicht. Wie schön wäre es, ein Feuerwerk ohne Lärm. Ich stellte mir immer vor – du und ich irgendwo auf einem Berg. Du und ich auf dem Berg, in der kühlen Nacht und unter uns das Feuerwerk. Wir hätten am Sternenhimmel nach Sternschnuppen gesucht. Vielleicht hättest du mehr Glück gehabt – ich wäre versunken im Meer der Sterne, sagst du.

So viele Sternschnuppen – ein einziger Wunsch.

Nur reicht manchmal das Wünschen nicht, sagst du. Oder die Sterne hören einen nicht. Oder der Wunsch ist auf dem Weg zu den Sternen zurückgehalten worden. Man ließ ihn nicht durch, weil zu groß, zu unrealistisch, nicht für dieses Leben gedacht. Die Vernunft ist nicht zu umgehen, sagst du.

Und doch haben wir sie einmal umgangen, sage ich. Obwohl wir uns die Einzigartigkeit dieses Momentes klar vor Augen hielten, waren wir über ihr Ende dann doch überrascht. Weil es der Anfang von etwas viel Größerem war, konnten wir das kurz darauf folgende Ende kaum ertragen, sagst du. Wie soll man da dann nachkommen, sage ich. Treffen konnten wir uns ja nur an diesem Ort, wo die Gedanken aufhörten.

Am Morgen fuhr ich früh mit dem Zug los. Zugfahren und von mir wegfahren, das wollte ich. Ohne Schlaf zog die Landschaft draußen an mir vorbei. Dein Geruch hing noch immer an mir. Ich hoffte, er würde für immer dort bleiben. Denn so würde zumindest etwas von dir an mir haften.

Das Postauto fuhr Richtung Pass. Ich wollte dir schreiben. Zu früh, zu spät, richtig oder falsch. Ich wusste es nicht. Nur wusste ich wieder, weshalb die Haut das größte Sinnesorgan ist. Ich hoffte, sie würde jede deiner Berührungen speichern.

Es befinden sich etwa 640 000 Tastpunkte in der Haut. Wie viele du wohl berührt hast? Nie genug, sagst du. Ich war untröstlich.

Während der Fahrt fing es an zu schneien und das mitten im September. Als ob der Sommer vor lauter Trauer über unser Ende gleichzeitig Schluss machte. Ich fuhr durch den Schnee und gleichzeitig glühte alles in mir. Es war eine Hitze, die meine Haut leuchten ließ, und ich spürte, wie deine Berührungen noch immer hier waren. Wie sie ganze Kaskaden von Wellen auslösten. Irgendwann sind wir auf dem Pass stecken geblieben. Ich hätte mich am liebsten in den Schnee gelegt und mich zugegraben. Nicht mehr aufstehen, einschlafen mit diesem Glühen, nicht warten, bis es erlischt.

Es fühlte sich so leer an, sagst du. Ich war emotional zerzaust.

Ich wollte nicht denken, sage ich. Es war wie waten im Sumpf, sagst du. Die Wärme, die drohte nicht mehr zu kommen – die Traurigkeit darüber, dass nicht bestehen konnte, was aufgeleuchtet hat. Dass es nach Ferne roch statt nach süßer Nähe und Berührungen.

Du hast mich gehen lassen, sage ich. Du hast mich in den Sumpf laufen lassen. Immer wieder einsinken, nicht wissen, wo der Weg ist. Und fliegen wollen – in diese Höhen, noch einmal und noch einmal. Aber dann auch wissen, dass unmittelbar danach der Sturzflug kommt. Denn für uns gab es die Thermik nicht, die uns lange hätte schweben lassen. Ich wollte und durfte dir nicht im Weg stehen, sagst du.

Deshalb habe ich angefangen, dir zu schreiben, ohne davon etwas abzuschicken. Weil du mir ja nicht im Weg stehen wolltest und weil es für uns nicht denselben Weg gab. Ich versuchte, nicht zu weinen. Ich versuchte, mich an Fakten festzuhalten. Ich versuchte die Gefühle kleinzureden. Ich versuchte das Ganze als Illusion abzustempeln. Ich versuchte alles aufzuzählen, was dagegen sprach. Ich versuchte mich als hoffnungslose Träumerin in Schach zu halten. Ich versuchte an alles andere zu denken, nur nicht an dich. Ich versuchte ins Leere zu schreiben und nicht an dich.

Aber alles scheiterte kläglich.

Weil ich dir nicht schreiben durfte, googelte ich dich. Ich fand dieses Bild von dir, auf dem du noch so jung warst. Es rührte mich so sehr. Mit diesem trotzigen, etwas traurigen Blick, aber auch verträumt – so dass ich einfach nur meine Arme um dich schlingen wollte, um nie mehr loszulassen. Ich habe dich auch gegoogelt, sagst du, aber nichts gefunden von dir. Ich vermisste deine Seele. Wie entwirrt man zwei Seelen, fragst du.

Ohne dich fehlte so viel, sage ich.

Es schmerzte im Bauch. Ohne mit dir zu schreiben – fehlte so viel. Schreiben an dich – war, wie die Seele rausstülpen. Ohne Angst, weil ich wusste, wie sicher meine Worte bei dir waren.

Und ohne dich gab es keine Träume mehr ins Unendliche, sagst du.

Die Träume sind für die Seele das Gleiche wie das Klopfen für das Herz. Ohne Klopfen lebt das Herz nicht. Ohne Träume lebt die Seele nicht. Das Klopfen hält das Herz am Leben. Die Träume halten die Seele am Leben.

Dein Name fiel im Whatsapp-Chat immer weiter nach unten. Dabei sollte er doch an erster Stelle sein. Denn dir hätte ich immer schreiben wollen. Und über deine Nachricht hätte ich mich am meisten gefreut.

Manchmal streichelte ich über dein Profilbild und wartete sehnlichst darauf, dass dort stünde: schreibt ...

Du konntest damit besser umgehen, mit dem Schweigen zwischen uns, sage ich. Weil Schreiben nie die Sehnsucht und die Berührungen ersetzt, sagst du.

Ich fing an, alle Dinge, die ich dir so gerne geschrieben hätte, einfach in ein leeres, weißes Dokument zu schreiben. Ich nannte es

@nichtgesendetesmsanDich. Ich schrieb täg-
lich.

Ich fragte mich, ob es je mal dazu kommen
würde, dass du das alles liest. Hättest du das
überhaupt gewollt? Ich schrieb immer so, als
ob du es nicht zu Gesicht bekommen würdest.
Sonst wäre ich gehemmt gewesen. Andererseits
war ich beim Schreiben mit dir nie gehemmt
gewesen, war noch nie so ungefiltert ehrlich, so
ganz nahe bei mir mit dem, was ich dir schrieb.
Manchmal dachte ich daran, dir alles zu schicken. Aber vielleicht wäre das unfair gewesen,
weil es auch einfach zu viel sein kann. Wer will
schon eine solche geballte Ladung an Emotio-
nen, fragte ich mich.

Vielleicht brauchte das alles gar keinen
Empfänger, obwohl es einen Empfänger hatte –
vielleicht war der Sinn und Zweck der, dass du
mir so etwas näher warst, dass du mir so zumindest in der Erinnerung erhalten bliebst,
dass es ein Schritt war, um zu verarbeiten, zu

verabschieden, Schritt um Schritt oder eben Zeile um Zeile, Wort um Wort, Buchstabe um Buchstabe.

Und dann hast du mich doch über dieses Dokument informiert, sagst du.

Du schriebst:

Sehr geehrter Herr Leuchtturmwächter
Da die Bemühungen auf beiden Seiten – zwecks Entflechtung, Entwärmung und Umwandlung – tapfer hochgehalten werden (bereits 3,5 Tage meinerseits) –, möchte ich Sie dennoch im Zuge der Transparenz darüber informieren, dass ich nun meine Korrespondenz an @nichtgesendetesmsanDich richte. Die bisherige Erfahrung zeigt, dass @nichtgesendetesmsanDich keine namhafte Alternative ist, hinkt sie doch in ihrer Einseitigkeit stark hinterher. Dadurch werden jegliche Überraschungen und unvorhergesehene Geschehnisse von Anfang an untergraben. Ebenfalls fehlt

natürlich die Hauptbezugsquelle, welche in ihrer Tiefe und Emotionalität kaum zu übertreffen war. Dennoch kann @nichtgesendetesmsanDich im Notfall durchaus eine Hilfe sein. Sie bietet eine neutrale Plattform und zeigt sich äußerst kulant bei akuten Vermiss-dich-Anfällen, wie aber auch überfüllten Herzen und Seelen – die ihren Ausdruck finden müssen, sowie verzweifelten Warum-darf-das-Schöne-nicht-bleiben-Ausrufen.

Ein weiterer Vorteil besteht im Versuch, mit @nichtgesendetesmsanDich der Trauer ein Schnäppchen zu schlagen. Kurz gesagt: @nichtgesendetesmsanDich ist im Grunde – nicht mehr und nicht weniger – ein Appell an das Herz, seine Stimme nicht zu verlieren. Und dagegen ist nichts einzuwenden.

Als Nachtrag ist zu erwähnen, dass der Sender der Meinung ist, dass die an @nichtgesendetesmsanDich gesendeten Worte nur dem Empfänger gehören – und dass er nicht nur über das Bestehen dieser Worte informiert *wird, sondern zu gegebener Zeit und auf dessen Wunsch auch über deren Inhalte.*

Grund dafür ist, dass die Erfahrung zeigt, dass zum einen am Schluss nur die Dinge bereut werden, die man nicht gesagt hat, und zum anderen verschnellert das Schweigen selten den Abschied.

Auch wenn Sie es sonst nicht tun: Bitte lesen Sie auch die AGB:

@nichtgesendetesmsanDich kann jederzeit aufgelöst werden, sollten sich die Parteien auf einen freien Austausch einigen.

@nichtgesendetesmsanDich kann wie auch „an Empfänger direkt" weh tun und Gefahren bergen. Dieses Risiko lässt sich kaum vermeiden oder nur auf Kosten von sehr vielen Glücksmomenten.

@nichtgesendetesmsanDich hat sich dem Leitmotiv „Man versteht das Leben nur rückwärts, leben muss man es vorwärts" verschrieben.

@nichtgesendetesmsanDich ist überzeugt, dass
alle Beteiligten mit größter Sorgfalt und seeli-
scher Feinheit agieren.
Falls Sie noch Fragen haben, können Sie sich
jederzeit an mich wenden.
Bitte entschuldige Sie, dass ich Ihre wertvolle
Zeit mit diesem Schreiben in Anspruch genom-
men habe. Die Dringlichkeit war aber aus ver-
schiedenen Gründen äußerst hoch.
Ich hoffe auf Ihr Verständnis und grüße Sie
hochachtungsvoll.

Frau Kokon
Lost&found GmbH
Sumpfmattstraße
0000 Traumstetten

Dass du so viel Fantasie haben kannst, sagst du. Kreativ aus Verzweiflung, sage ich. Und deine Sehnsucht hat meine Sehnsucht mit voller Wucht getroffen, sagst du. Ich habe in die Nacht herausgeschrieben, natürlich nur an @nichtgesendetesmsanDich, wie sehr ich dich vermisse.

Und dann haben wir uns nochmals getroffen. Weil unsere Herzen so brannten, sagst du. So brannten, dass immer auch ein Flächenbrand drohte. Lichterlohes Brennen. Dabei war mein Herz so viel schlechter versichert als deines, sage ich. Das Risiko war so viel größer, dass es brach. In dieser Zeit gab es keine Balance. Entweder eigensinnig und mutig oder dann ängstlich und verletzlich. Ich versuchte alles zu unterdrücken, so lange, bis die Welle wiederkäme. Die Welle, die nicht zurückgehalten werden konnte. Fürchtetest du dich auch, frage ich. Ja, sagst du, aber brechen hätten wir nie dürfen.

Und so haben wir uns zum Abschiedsküssen getroffen. Kann man sich wirklich in den Abschied küssen, frage ich. Nochmals jeden Zentimeter des Anderen ertasten. Mit pulsierenden Fingerspitzen nochmals über alles streicheln. Den Geruch so sehr einatmen, um ihn zu konservieren. Spüren, wie sehr der eigene Körper auf diese Berührungen reagiert. Die Zeit anhalten wollen. Nicht glauben, dass alles das letzte Mal sein würde. Man sollte sich nie zum Abschiedsküssen treffen, sagst du.

Immer hast du gesagt, ich soll dich nicht mit diesem Blick anschauen, sage ich. Wie war denn mein Blick? Willst du das wirklich wissen, sagst du. Es war einer dieser Blicke, die man ein Leben lang sucht, und er war voller Schmerz. Es war ein Blick, den man nie verlassen wollte. Und doch hast du es getan, sage ich.

Du gingst, weil die Vernunft stärker war. Ich wusste nicht, wie die nächsten Tage weitergehen sollten. Wie entwirrt man zwei Seelen?

An einem Abend traf ich eine Freundin in der Bar, sie gab mir eine Schokokugel. Auf dem kleinen Zettel, der um die Kugel gewickelt war, stand: „Liebe ist eine glühende Freundschaft". Genauso war das zwischen uns, es glühte immerzu. Ich weinte und weinte und aß eine weitere Schokokugel, weil Schokolade ja glücklich machen soll. Und was stand auf dem zweiten Zettel, fragst du. „Es ist höchste Zeit, die Sterne wieder einzuschalten", von Goethe, sage ich. Dabei wollte ich nichts mehr einschalten. Wie sollte ich ohne dich leben? Diesem Mann, der meine Seele berührt hat, wie kein anderer.

Ich fuhr mit dem Schiff in den Süden. Viele Kilometer zwischen uns haben noch immer geholfen. Ich lag auf einer Bank auf dem Deck und der Regen tropfte auf mein Gesicht. Die Regentropfen ersetzten die Tränen, die nicht kamen.

Später lag ich am Strand, in meinen Ohren Musik aus dem Norden. Kann ein Teil der Seele an einem Ort hängen bleiben, der nicht die Heimat ist, frage ich. Und kann man zurückreisen und sich diesen Teil zurückholen? Vor allem wollte ich die Zeit zurückholen, von dort, wo alles zwischen uns noch nicht tonnenschwer war. Aber es gab den Weg nicht. Und so lag ich im Süden an diesem Strand und dachte, wie viel besser der öde Alltag nun passen würde. Im Spätsommer am Strand zu liegen mit diesem Schmerz, das war zu viel Konträres. Das passte nicht. Da konnte mein Schmerz nicht sein, es war ihm quasi verboten zu sein. Eine so liebliche Umgebung mit sanftem Meeresrauschen und dem letzten Aufbäumen des Sommers weigerte sich schlicht, meine Schmerzen aufzunehmen.

Eines Abends gab es ein Autorennen. Ein Rennen bei Nacht, berühmt für die Scheinwerfer, die hastig über die Kurven der Insel hinausleuchteten. Das unerträgliche Aufheulen der Motoren, das unerwartete explosionsartige Knallen des unverbrannten Öls – passte mit seinem stechenden Lärm und der Hässlichkeit der Töne besser zu meinem Schmerz. Denn auch er war nur schmerzhaft und hässlich. Dass du mich so weggestoßen hast, das übertraf alles, auf was ich mich vorbereitet hatte. Dabei hatte ich alles versucht, um mich nicht zu verbrennen. Du wolltest das auch nicht. Aber am Schluss hast du dich verbrannt. Unerwartet wohl. Blieb dir deshalb nichts anderes übrig, als mich zu verdammen, frage ich.

Ich war nicht fähig, mit dem zu leben, sagst du. Das, was zwischen uns gewesen war, hatte an Intensität alles übertroffen. Und so kehrtest du in deinen Alltag zurück, der dein Seelenleben in Kürze wieder betäubte, sage ich. Ich hätte viel lieber mit einem süßlich-traurigen Abschied gelebt statt mit einem bitter-hässlichen. Dabei wollten wir uns doch nur abschiedsküssen, sagst du. Aber meine letzte Berührung war eine zu viel, sage ich. Die Realität war stärker als die Gedanken, sagst du. Komisch, sonst sind doch immer die Träume größer als die Realität, sage ich. Bei uns war es umgekehrt, sagst du.

Bis dahin dachte ich mir immer, dass man nie aufhören würde zu suchen, bis man die höchsten Gefühle, die wahr gewordene Sehnsucht finden würde, sage ich. Sich nicht mit dem Mittelmaß zufriedenzugeben.

Aber ich war wohl die, deren Sehnsucht, Verlangen und Träume immer größer waren als deine.

Ich war nur nicht so mutig wie du, sagst du. Für mich war es keine Frage des Mutes, sage ich. Ich hatte keine andere Wahl, mein Herz ließ mir keine Wahl. Denn nur dort, an diesem Ort in meinem Herzen, war ich die, dich ich wirklich war. Alles andere war nur ein Abklatsch. War das Kapitulieren vor einem Leben, das man gar nicht haben darf.

Im Süden war ich mit meiner Schwester. Wir schliefen im selben Bett, so wie als Kinder. Oder wie früher auf dieser kleinen bretonischen Insel im Zelt, aus dem wir alle paar Tage

den angehäuften Sand herausschaufeln mussten. Diese Familienspritze machte mich zumindest für einige Momente immun gegen den
Schmerz in meinem Herzen. Nach ein paar Tagen schien sich meine Laune dem strahlenden
Wetter anpassen zu wollen. Sich der Weite des
Meeres wieder zu ergeben. Und damit trotzten
auch neue Gedanken meinem Schmerz. Muss
man für das Schöne wirklich kämpfen? Kommt
das Gute, das Richtige nicht ohne Kampf? Ich
wollte plötzlich nur noch an das glauben. Oder
vielleicht konnte ich diesem großen erlebten
Glück mit dir nicht einfach einen solchen
Schmerz gegenüberstellen. Denn dort, wo ich
mich dir geöffnet hatte, dort gab es keinen
Schmerz. Dieser Ort war reserviert für meine
schönsten Träume, meine größten Sehnsüchte
– für reine Schönheit, für bedingungslose Liebe
– für dich eben. Auch wenn ich nicht wusste,
wie es mit uns weitergehen würde – auch wenn
ich nicht wusste, ob ich dich je wiedersehen
würde – irgendwas hielt mich davon ab, mich

in diese tiefe Schlucht der Trauer zu stürzen. Ich wollte mich dir erhalten, in all der Schönheit, in all der Zärtlichkeit, in all der Sehnsucht – aber unter keinen Umständen, wollte ich dir auf der Straße begegnen.

Vielmehr wollte ich nochmals Sommer haben. Damit es nochmals vor meiner Abreise in das andere Land wäre. Damit ich nochmals mit dir auf dem Platz sitzen, nochmals mit dir durch die Nacht fahren, nochmals deine Lippen berühren könnte. Und alles wäre endlos in diesem Sommer gewesen und wir hätten uns nochmals in der Mitte treffen können, in diesem luftleeren Raum ohne Grenze. Du in unserer Heimatstadt – ich in der anderen Stadt.

Gibt es wirklich diese eine Berührung, die eine zu viel ist, frage ich. Wie ein großer Ballon, den wir abwechselnd aufbliesen. Und dann kam der letzte Luftstoß und der Ballon zerplatzte in tausend Stücke. In so viele Stücke, dass man sich nicht mehr vorstellen konnte, dass er mal ein wunderschöner, riesengroßer, pinkfarbener Ballon gewesen war, der glückselig und jauchzend in großer Leichtigkeit durch die Lüfte geschwebt ist.

Warum hat dich die schönste, letzte Berührung so unglücklich gemacht, frage ich. Weil mir meine Unfähigkeit entgegenschlug, mit aller Wucht, sagst du. Da gab es keinen Halt. Meine Unfähigkeit und die Unmöglichkeit unserer Verbindung. Vielleicht war es uns nur möglich, in dieser Seifenblase zu existieren. Schwebend, im luftleeren Raum, geschützt von unserem Leben auf Erde. Den Aufprall auf die Erde haben wir jedenfalls nicht überstanden, sage ich. Wahrscheinlich haben wir uns einfach zu weit ins Unendliche geschossen, um dann mit einem Knall wieder zu landen, sagst du. Wer übersteht schon einen solchen Himmelsflug ohne Explosion? Wir hätten wenigstens sanft ausglühen können, sage ich. Während du in das Alte, Gewohnte zurückgekehrt bist, habe ich mit aller Kraft versucht, sofort wieder zu fliegen. Habe hohe Leitern aufgestellt, um wieder in die Höhe zu gelangen, bin mit gebrochenen Flügeln umhergeflattert. Wie weit bist du geflogen, fragst du. Eine Sprosse hoch, zwei hinunter, sage ich.

Ich wollte dir nicht mehr schreiben, es schien, als ob ich keine Worte mehr für dich übrig hatte. Und doch versuchte ich das zu behalten, was du in mir ausgelöst hattest.

Manchmal hilft nur eines: den Schmerz zu ignorieren, sagst du. Ich bin wie ein Verrückter durch die Wälder gelaufen.

Erst wenn der Wald einen verschlingt.

Erst wenn die kalte Luft die Wangen rot färbt.

Erst wenn die Regentropfen an den Wimpern hängen.

Erst wenn die Augen nur noch Grün sehen.

Erst dann wird alles gut.

Grün statt Pink, sage ich. Manchmal auch Rot. Die Wut war schon auch da. Die Wut auf dich, dass es dich nicht alleine gab, dass es dich nicht als unbespielte Schallplatte gab, dass du dich nicht verflüchtigt hattest, bevor ich dich sah, bevor ich wusste, wie es sich anfühlte, wenn du mich siehst, wie niemand mich je gesehen hatte.

Dabei war es doch so: nur unsere Seelen passten zusammen, unsere Leben nicht, vielleicht nicht mal unsere Körper. Du so groß und ich so klein. Daran hätte man es schon merken müssen, sage ich. Warum können nicht nur Seelen zusammen sein, ohne den Rest, fragst du. Eben losgelöst. Und in welcher Form hätte man sich trotzdem treffen können? Seelentreffen mit Seelendunst. Deshalb haben wir uns oft erst zur blauen Stunde das Herz geöffnet, sage ich. In die Nacht hinaus, ohne Blick auf den Morgen, im Schutze der Dunkelheit in der Weite des Universums. Und doch bin ich am

Morgen immer mit dir in meinen Gedanken aufgewacht, sagst du.

Schlaftrunken, um mit dem ersten Einatmen meine Seele wieder auszuhauchen, sage ich. Hast du meine Stille gehört nach unserem Abschied, frage ich. Ich habe in die Leere geschrien, um dich dort zu finden, sagst du. Denn leer war es ohne dich.

Ich habe immer wieder dein letztes SMS gelesen, sage ich. Da schriebst du auch, dass du hofftest, mich innerlich nicht zu fest verletzt zu haben. Es war nicht als Frage geschrieben. So, als ob du es ja wüsstest, aber irgendwie dachtest, es schreiben zu müssen, aber ja keine Antwort bekommen zu wollen. Ich hätte dir auch nicht geantwortet. Aber irgendwie verunmöglichte dein letztes SMS es mir, an ein Treffen in der Zukunft zu glauben. Es war so abschließend. So ohne Sehnsucht und Traurigkeit. Es war ein SMS, das man schreibt, wenn man eigentlich nur sagen will, dass man nie mehr schreiben wird. Dass man den anderen im Leben nicht mehr erträgt. Ein letztes Türenschließen mit der Anschrift: Gefühle eingestellt, bitte nicht mehr anklopfen. So ganz anders als dein vermeintlich letztes SMS. Das SMS mit dem Ende ohne Ende. Mit dem weiten Blick in die Zukunft, wenn wir uns wieder treffen würden. Einfach anders. Zwei gleiche Seelen mit neuer Musik. Kein Kanon mehr. Nur eine kurze spontane Jamsession.

Aber dein wirklich letztes SMS hat dieses mögliche Treffen verunmöglicht. Wahrscheinlich hätten wir nicht mal mehr das Tempo auf dem Fahrrad gedrosselt, um uns zu grüßen. Gleiches Tempo, kurzes Aufblicken, leichte Hebung der Hand, keine Worte.

Wo die Worte doch so viel für uns waren.

Du hast mich in dem Moment verlassen, als ich dein Herz berührt habe, sage ich. Eine Freundin sagte mir danach, ich hätte doch wissen müssen, dass es schon immer eine

Sackgasse war. Aber auch am Ende der Sackgasse kann sich das Glück befinden.

Ich habe immer wieder auf deinen Status ge-
schaut. Das Rädchen kreiste nur zu, „verbinden ..." stand darunter, aber wir konnten uns
nicht mehr verbinden. Und es war nicht das
schlechte Netz im Süden. Ich stellte mir vor,
wie du in dein altes Leben zurückkehrtest.
Glücklich, erleichtert, mit einem Hauch von
schlechtem Gewissen. Wie du mich abschüt-
telst, wie eine lästige Fliege, einen unpassen-
den Traum, eine ungeschickte Verirrung. Froh
darüber, die Abzweigung in letzter Minute gefunden zu haben. Verärgert über die eigene
Ungeschicktheit, den Verstand nicht immerzu
übergeordnet zu haben.

Was hätte ich dir schon erzählen können,
sagst du. Über dieses Leben.

Dabei warst du es, der dachte, dass man es
zusammenbringen könne, sage ich. Ich hätte
es für eine Weile zusammenbringen können.

Wahrscheinlich hätte ich es mir zumindest gewünscht und wahrscheinlich wollte ich es können. Aber ich wusste schon da, dass ich daran scheitern würde. Du hast es erst gemerkt, als wir alles zusammengebracht hatten, als wir plötzlich an dem Punkt waren, wo wir nicht mehr umkehren konnten. Eigentlich. Denn du bist dann doch einfach umgekehrt, sage ich.

Ich verlor das Zeitgefühl nach unserem Abschied. Die Tage im Süden waren ohne dich nicht mehr zählbar. Und doch zählte ich sie immer. Erstaunt darüber, wie lange vier Tage sein können. Erstaunt darüber, dass vier Tage ohne dich nicht mehr einzuordnen waren. Ich fragte mich, wie es wäre, wenn noch viel mehr Tage vergehen würden. Wie es wäre, wenn ich irgendwann nicht mehr Tage, sondern nur noch Monate zählen würde. Wenn ich irgendwann sagen würde, ein weiterer Herbst ohne Nachricht von dir. Nicht mal eine Nachricht aus deinem Leben, dem Leben ohne mich. Ich fragte mich, wie lange ich wohl am Morgen das Handy anstellen und hoffen würde, dass dein Name aufleuchtet. Dass du mir zum Abschied schreiben würdest. Dass du mir noch einmal, zwischen den Zeilen, deine Liebenswürdigkeit schicken würdest.

Und wie viele Tage hat es gedauert, fragst du. Ich konnte die Tage nicht zählen, ich war mit Überleben beschäftigt, sagst du.

Denken machte in dieser Zeit nicht glücklich, sage ich. Die Auseinandersetzung mit Zeit und Tagen auch nicht. Denn noch immer konnte ich sagen, heute vor einer Woche war alles anders. Heute vor einer Woche hattest du in die Nacht hinausgeschrieben, wie sehr du mich vermisst.

Das habe ich auch eine Woche später gedacht, aber nicht gesagt, sagst du.

In einer Nacht regnete es sintflutartig. Regen im Süden. Auch die Mücken suchten Schutz und stachen in meine Lippen. Mückenküsse. Ganz anders als deine. Ich lag wach und fragte mich, wie man den Seelenfrieden wieder hinbekommt. Denn wenn die Seelen noch immer ineinander verstrickt sind, bekriegt man sich ja auch ständig selbst. Ich wollte dir schreiben. Und doch tat ich es nicht. Denn ich wusste ja nicht, ob du diesen Seelenfrieden auch wolltest. Oder ob er für dich in erster Linie daraus bestand, nicht an mich zu denken, mich augenblicklich zu vergessen. Wenn mein Herz sanft war, stellte ich mir vor, dass du mich aus der Ferne trösten würdest. Es fühlte sich wie ein sanftes Schaukeln an. So, als ob du mich in deinen großen Armen festhalten würdest. Auch wenn das Ende so abrupt und hart war, so glaubte ich, dein Herz gut genug zu kennen und zu wissen, dass es Verzweiflung war, die dich so gehen ließ. Vielleicht wolltest du auch nicht mich wegstoßen, sondern die Unmöglichkeit.

Aber wohin geht man, wenn man weiter muss, sage ich. Wie macht man das? Weiter gehen mit dir in mir. Mit einem Stück von dir in mir ohne dich an meiner Seite?

Bevor ich von der Insel im Süden losfuhr, früh am Morgen in aller Dunkelheit, schrieb ich dir nochmals. Ich schrieb, ich würde dir diesen Sternenhimmel schicken. Du antwortetest, danke für den Sternenhimmel, er funkelt bestimmt, so stelle ich mir ihn zumindest vor. Ach, ich hätte dir schreiben sollen, wie er war, sage ich. Am Ende dieser Nacht war dieser Sternenhimmel über dieser Insel so unglaublich. Er war unendlich weit, glitzernd, in seiner Schönheit kaum zu übertreffen, sanft, zart und überwältigend. So wie du.

Und dann kam irgendwann der letzte Satz von dir. Es gibt ihn wirklich, den letzten Satz. Du schriebst, danke für alles, was war, ich denke an dich ... Und so stand er da, dein letzter Satz an mich. In dem Moment, als ich ihn las, wusste ich, dass er diese Aufgabe hatte. Die Aufgabe, das Ende endlich zu vollziehen. Und doch hatte er nicht einen Punkt, sondern vier. Verlief sich, ging weiter. Mir gefiel er. Ich mochte ihn und ich war froh, dass du es warst, der den letzten Satz schrieb. Denn wenn ich ihn so stehen ließe, würde er bedeuten, dass du immer an mich denkst. Ich könnte ihn Monate später lesen und noch immer würde dort stehen: denke an dich ...

So traurig er war, so sehr tröstete er mich.

Welchen letzten Satz hättest du denn geschrieben, fragst du.

Wahrscheinlich hätte ich tausende von Versuchen gemacht und mich am Schluss einfach für „Mach's gut" entschieden. Auch wenn

„Mach's gut" natürlich nur die Hülle und sein Inhalt natürlich viel komplexer gewesen wäre. „Mach's gut" hätte heißen sollen: Wer bin ich ohne dich? Wer bin ich ohne die Worte, die Gefühle, die Träume, die du in mir ausgelöst hast?

Wer bin ich ohne deine Berührungen? Wie wird das Leben ohne dich? Für immer ohne dich. „Mach's gut" hätte auch heißen sollen: Danke, dass du mir gezeigt hast, dass meine Träume nicht verrückt sind. Danke, dass ich nun weiß, dass es das gibt, was ich mir immer erträumt habe. Danke für die schönsten Augenblicke in meinem Leben. Das alles hätte „Mach's gut" heißen sollen und am Schluss wäre es noch mehr gewesen. Und doch hättest du nur „Mach's gut" geschrieben, sagst du.

Was der letzte Satz bedeutete, wurde mir erst nach und nach bewusst. Die Dimension von ihm. Denn wenn dieser der letzte Satz war, dann würde es nie mehr auch nur einen Satz zwischen uns geben. Würde es so sein, dass du oder ich irgendwann in vierzig Jahren die Zeitung aufmachen und dort eine Todesanzeige sehen würden. Dass wir in diesem Moment nur wüssten, dass der andere tot ist, aber über all die Jahre zuvor seit dem letzten Satz nichts wissen würden. Nicht wissen, ob du immer an mich gedacht hast, nicht wissen, ob ich immer „Mach's gut" gedacht habe. Nicht wissen, wie du aussahst, grau und schrumpelig, nicht wissen, ob du mal traurig warst, ob du mal krank warst, ob du glücklich warst, ob du ausgewandert bist, ob du noch größer geworden bist, ob du Kinder bekommen hast ... und, und, und. Nichts wissen über den Mensch, der das Wichtigste war, der den größten Platz im Herzen eingenommen hat, der nie mehr wirklich von dort wegging. Oder würde man sich nach so vielen Jahren nur noch schwach an den anderen erinnern? Da gab es doch mal jemanden, den ich so mochte. Ist das wirklich möglich, frage ich. Das hätte ich mir nie vorstellen mögen, sagst du.

Du sagtest, such dir jemanden. Er darf mir schon ein wenig gleichen. Wie bist du nur darauf gekommen, frage ich. Nein, nein, nein, schrie ich innerlich – niemals darf er dir gleichen. Alles wäre nur ein Abklatsch von dir. Ich würde mit ihm schlafen und immerzu an dich denken. Kann man nur mit Wörtern miteinander schlafen, frage ich. Worte können alles, sagst du.

Gleich nachdem dein letzter Satz gekommen war, habe ich mich auf dieser Partnerbörse angemeldet, sage ich. Welch ein Hohn. Ich hätte kotzen können. Was wollte ich denn finden? Wen nur sollte ich da finden? Ich wollte niemanden finden, denn ich hatte dich gefunden. Es würde keinen Match geben, denn wir hatten den besten Match. Und doch schlug ich mich durch den Dschungel dieser Plattform. Verzweifelt. Mein Herz rief nach dir und meine Hand klickte von Foto zu Foto. Ich schrieb belanglose Sätze und erhielt genau ebensolche Antworten. Ich versuchte mich zu beschreiben und wusste nicht, wie man ein Herz voller Sehnsucht nach einem bestimmten Menschen beschreibt, das aber gleichzeitig Platz für jemand Neuen machen will. Muss.

Ich hämmerte Wörter in den Laptop und hoffte, meine Wut würde alle verscheuchen. Wut auf dich. Du hättest deine verdammten Gefühle besser schon viel früher im Griff haben sollen, sage ich. Nicht erst, als meine mir entglitten sind.

Der Unterschied war, meine durften entgleiten, hätten es aber nicht sollen. Deine hätten es nicht dürfen sollen. Ein kleiner Unterschied, mit riesigem Ausmaß. Warum hast du dich so gehen lassen, frage ich. Das war keine Frage, von Wollen, sagst du.

Mit deinem letzten Satz kam auch die Frage nach dem ersten Satz wieder auf. Denn nach dem letzten Satz folgt irgendwann, zumindest in unserer Logik, auch wieder der erste Satz. Wann würde er wohl kommen, wie viele Monate würde es dauern, wer würde ihn schreiben und wie würde er lauten? Was würde er auslösen, wo würde er uns treffen, wo wären wir, wenn wir ihn lesen?

Was wäre danach anders, was wäre noch immer gleich, was würde dann kommen?

Und eben wie lange. Das war die größte Frage, wie lange würde es dauern. Wochen, Monate, Jahre. Und was würde man schreiben? Hallo, ich bin jetzt über dich hinweg und wir können uns deshalb wieder treffen? Oder, ich wollte dir nur sagen, dass ich meine Gefühle jetzt im Griff habe und wir uns treffen können? Oder, ich habe jetzt jemanden getroffen und habe keine Gefühle mehr für dich, also können wir uns jetzt treffen?

Wir hätten uns so oder so getroffen, irgendwann, sagst du. Wie hattest du dir unser erstes Treffen vorgestellt, fragst du?

Es gab viele Versionen, sage ich. Beim Einkaufen, zwischen den Regalen zum Beispiel. Ich mit Babybauch. Du hättest gesagt, zum Glück bin ich dir nicht im Weg gestanden. Ich, getränkt von Hormonen, hätte glückselig bejaht und gesagt, schau mal, dieses Wunder, und schon auf dem Weg zur Kasse hätte ich geheult, dass es nicht dein Kind ist.

Oder eine andere Version, wir treffen uns im Wald an beim Spazieren, ausgerechnet den gleichen Weg genommen, es gibt kein Ausweichen mehr. Du stehst da mit ihr. Hallo, wie geht es euch, mir geht es super, jajajaja, alles gut. Das war meine Horrorversion, sage ich. Damit das nie geschah, bin ich einfach nicht mehr in den Wald. Darauf hättest du nicht verzichten müssen, sagst du, es kam ja alles anders.

Ich war überrascht, dass dein SMS so schnell kam, sage ich. Drei Monate nur. Auch wenn die lang waren. Aber es war Winter, es war dunkel, es war kalt. Und ich hatte schon längst aufgehört, am Morgen das Handy anzustellen und mir vorzustellen, dass ein SMS von dir drauf ist. Und dann war es trotzdem irgendwann drauf. Du hast nur geschrieben: Können wir uns treffen. Aber ich war in der Eiszeit. Nichts hätte mich zum Schmelzen gebracht in dieser Zeit, nicht mal ein SMS von dir. Wie auch. Nach diesem Tal des Schmerzens. Und immerzu diese Kopfschmerzen. Mein Kopf tat mir weh, nicht mein Herz. Und ich hatte mich irgendwann darauf festgelegt, dass du alles andere als fair gewesen warst. Ich stellte mir vor, dass ich dich vielleicht gar nicht wirklich gekannt hatte. Dass ich nicht wusste, wer du wirklich bist. Wer du auch noch bist. Ich versuchte dich zu vergessen, indem ich dich in ein schlechtes Bild rückte. Auch die SMS, die dann kam.

Deshalb hast du so lang geschwiegen, sagst du. Ich wollte nicht wieder in diese Traumblase, sage ich. An den schönsten Ort, denn er hatte mir solche Schmerzen bereitet. Zuerst hat mein Herz gebrannt in dieser Blase. Ich war dort, wo ich mir immer erträumt hatte zu sein. Und dann ist die Blase geplatzt und mein Herz ist erstarrt. Auf der Stelle. Wie war denn dein Herz, als du dieses SMS schriebst, frage ich. Mein Herz war in Aufruhr, sagst du. Aber ich wollte dich nicht mehr treffen, sage ich. Denn du hattest mir am Ende gesagt, dass wir über die Traumblase hinaus nicht existieren könnten. Warum hätte sich das ändern sollen?

Ich wusste, dass ich kein Recht mehr hatte, dich zu treffen, sagst du. Und doch gab es nur einen Weg, ich musste dir sagen, was ich dir sagen wollte, sagst du. Und deshalb bist du eines Tages vor meiner Haustüre gestanden, sage ich. Du hast mir alles gesagt. Du hast mir die Dinge gesagt, die man nicht glaubt, weil sie nur in der Welt der Romantik möglich sind. Du hast mir die Dinge gesagt, die man gelernt hat, nicht zu glauben, weil sie zu schön sind und bestimmt einen Haken haben. Du hast mir die Dinge gesagt, die man spürt, aber für die man keine Worte hat. Du hast mir die Dinge gesagt, die das Unmögliche schafften, nämlich – dass ich dich so sah wie nie zuvor. Ich sah diese drei winzigen kleinen Muttermale auf deiner Wage. Ich sah, wie die hellen Wimpern sich in Zeitlupe öffneten. Ich sah, wie die Tränen einzeln und zusammen über dein Gesicht liefen. Unaufhaltsam. Wie ein Strom, der nicht aufhörte. Deine Augen, die Quellen dieser Tränen. Und es schien, als ob jede Träne einzeln und mit vollem Gewicht auf meinen Körper tropfte. Und mit jedem Aufschlag schien ein Stück meines Körpers aufzuweichen. Du hast mit deinem Schmerz meinen Schmerz weggeschwemmt, sage ich. So hatte ich wenigstens wieder Zugang zu deinem Herzen, sagst du.

Und dann gab es plötzlich uns. Zum ersten Mal gab es uns wirklich. Nicht dieses Hin und Her, nicht dieses Verstecken in der Traumblase, nein – es gab ein Uns. Plötzlich war das Unmögliche möglich. Plötzlich gab es diese Frage, diese Suche, diese Sehnsucht nach einem Uns nicht mehr. Sondern es existierte ganz schlicht und selbstverständlich wie zwei Namen auf einem Briefkastenschild. Und erst noch mit den zwei gleichen Anfangsbuchstaben, sage ich. Wie wurden wir dann doch noch plötzlich uns, nachdem es so lange nichts geworden war, nicht sein konnte, nicht sein durfte, frage ich. Eigentlich gab es uns schon immer, sagst du – nur konnten wir es so lange nicht leben. Entweder wir zerstörten ein mögliches Uns, bevor es auf eigenen Beinen stehen konnte, oder wir ertränkten es mit Sehnsucht in der Traumblase, die den Weg nicht in die reale Welt schaffte. Bis es irgendwann einfach vor uns stand, sage ich. Ungläubig und gleichzeitig die natürlichste Sache der Welt, sagst du.

Wie sehr ich dieses Uns mochte. Es war ruhig, es war tief, es war klar, es war wie eine riesige allumfassende Umarmung. Ohne Zweifel, ohne wackeligen Boden, ohne Angst, sage ich. Eben ankommen, sagst du, dort, wo man schon immer ankommen wollte, aber nicht konnte, nicht durfte, nicht fähig war. Ohne Wahl, sage ich, zum Glück.

Da stand es, dieses Uns. Umwerfend stark und noch immer bezaubernd.

Endlich. Wir sind hineingetaucht in dieses Uns. Haben all die verlorene Zeit wettgemacht. Alle Küsse nachgeküsst, die so lange nicht sein durften. Oder nur mit Worten, sagst du. Dabei gab es keine Wörter, die einen Kuss zwischen uns hätten beschreiben können. Weil jeder anders war und doch so vertraut. Wie viele Küsse sind zwischen unseren Lippen hin und her gegangen? Ich konnte nicht zählen, wenn ich dich küsste, sagst du. Und wie sehr so ein Kuss die eigene Welt verändern kann, sage ich.

Meine Welt drehte sich um 360 Grad. Einmal komplett rum. Einmal und auf einmal alles anders. Vorbei die Zeiten, in denen die Lücke zwischen den eigenen Träumen und der Realität, wie ein riesiger, nicht überquerbarer Krater war. Kann man so viel füreinander sein, so viel füreinander bedeuten, so viel füreinander verändern? Und trotzdem so lange keinen Zugang, keinen Weg zueinander finden, frage ich. Man muss die Vernunft umgehen, sagst du. Und die Dringlichkeit des Herzens muss alles durchdringen. So fand ich zu dir, sagst du. Nachdem der Verstand jahrelang in eine Richtung gerannt war und das Herz in die andere. Zum Glück fanden sie irgendwann die gleiche Richtung, sage ich. Fast zu spät. Irgendwann ergibt man sich der öden Realität. Streicht die Träume als Illusion aus dem eigenen Dasein. Der

Alltag spricht so oft gegen die Träume. Er lacht hämisch über die verrückten Sehnsüchte, über diesen Schrei der Seele. Er erzählt dir, dich zusammenzureißen, dich mit dem zufriedenzugeben, was dir da bleibt. Mehr gibt es nicht, scheint er zu sagen. Halte deine Erwartungen in Schach.

Und was wäre die Alternative, fragst du – sich dem zu beugen? Niemals, sage ich. Auch wenn dieser Weg viel Einsamkeit und vielleicht auch Unerfülltheit bedeuten könnte. Oder man findet sich genau in dieser Einsamkeit, in dieser Sehnsucht nach diesen großen Träumen. So wie wir. Wir haben nicht aufgehört, daran zu glauben.

Auch als wir uns nicht sahen, nicht lasen, nichts voneinander wussten, warst du mir so nah, sage ich. Es gab keinen Tag, an dem ich nicht an dich dachte, sagst du. Dabei war ich nicht sicher, ob dein Herz noch brannte oder ob es schon gelöscht, abgekühlt und verglüht war, sage ich. Oder noch schlimmer, ob es wieder im alten Rhythmus, sicher und stabil schlug. Es gab nur noch den Rhythmus, welcher nach den Tönen deines Herzens schlug, sagst du. Und irgendwann schlug der Rhythmus nur noch im Uns. So sehr, dass man sich gar nicht vorstellen konnte, dass er ja mal anders geschlagen hatte. Es war mein Lieblingslied, mein Lieblingston und mein Lieblingstakt.

Wenn man endlich nach so vielen Jahren an diesem Ort ist, vergisst man das Leiden. Jahre voller Leid und Trauer mit einem Schlag weg. Es gibt das Alte nicht mehr. Ausgelöscht und das Herz heilt in Sekunden. Was für ein tapferes Herz, sagst du. Tausendmal zerbrochen und plötzlich ohne Narben. Du hast meine Narben weggestreichelt, sage ich. Ich wollte diese Kapsel des Uns nie mehr verlassen. Und dieses Mal mussten wir die Kapsel nicht auf den Mond schießen, um zu existieren. Dieses Mal war sie hier, im Alltag, sogar im manchmal grauen Alltag, im stressigen Alltag. Sie war hier und ließ sich von nichts aus der Ruhe bringen. Die Hülle der Kapsel war stark, sagst du.

Die Hülle war so stark, dass nichts dieses Uns angreifen konnte. Nichts konnte sie erschüttern. Vielleicht wurde sie mal durchgeschüttelt oder wie ein Schiff in den Wellen unkontrolliert hin und her geschleudert, aber in sich, im tiefen Inneren blieb sie stabil. Da war dieses Uns. Dieser Kern. Fest, warm, ineinander verschlungen. Unzerstörbar. Vielleicht weil wir bis dahin so viele Stürme durchquert hatten, wussten wir, dass wir nur überlebten, wenn wir dort, an diesem Ort, nichts mehr dazwischen ließen. Und wir konnten ihn immer aufrufen, sagst du. Wir konnten uns wortlos verständigen und diesen Ort aufsuchen. Nein, wir mussten ihn nicht suchen, wir wussten immer, wo er war, wir waren immer gleich dort. Es brauchte keine Berührung, es reichte ein Blick. Und doch waren die Berührungen alles, sagst du. Die Stunden am Tag ohne dich waren erfüllt mit Sehnsucht und Erinnerungen an dich, sage ich. Die Nächte waren wie Andocken. Aufladen, aufwärmen, hingeben, verschmelzen. Den anderen brauchen dürfen, seine Stütze brauchen dürfen, zerbrechlich sein dürfen, nichts sein müssen und doch alles sein. Du hast mich so sehr erwärmt, sagst du.

Zartheit traf auf Liebenswürdigkeit, Fantasie auf Fantasie, Verträumtheit auf Sehnsucht, Ängstlichkeit auf Mut, Verrücktheit auf Verständnis, Ungeduld auf Geduld, Traurigkeit auf Melancholie, klein auf groß. Plötzlich war alles so lebendig, so unglaublich lebendig. Leben, wie sehr ich es mochte, mit dir zu leben. Wie das Leben mit dir so bunt wurde. Du hast so sehr geleuchtet, sagst du. Es schien, als ob alles, was du berührtest, anfing zu leuchten.

Dabei war ich so lange nur von Grau umgeben gewesen, sage ich. Es war so grau, dass ich vergaß, dass es noch Farben gab. Dabei trägst du so viele in dir, sagst du. Solch eine

Palette an Farben, das hatte ich noch nie gesehen. Zum Glück warst du nicht farbenblind, sage ich. Ich musste zuerst lernen, mit all den Farben zu malen, sagst du.

Deshalb hast du dich so lange davon ferngehalten, frage ich.

Es ging erstaunlich leicht. Das Uns im Alltag. Den Alltag einzurichten im Uns. Warum muss es denn immer schwer sein, sagst du. Die Türe aufzumachen und zu wissen, dass du da sein wirst, das hat mich jedes Mal mit einer unglaublichen Glückseligkeit durchströmt, sage ich. Zuhausesein, örtlich, seelisch, körperlich, geistig. Deine Bücher neben meinen, deine Kleider in meinem Wäschesack, deine Zahnbürste neben meiner, dein Geruch in meinen Kleidern, deine Spuren auf meinem Körper, dein Fahrrad an meines angekettet. Über deine Schuhe stolpern, dein Duschtuch benutzen, aus deiner Tasse trinken, in deinen T-Shirts schlafen. Es gab immer auch du und ich. Deine und Meine. Und ganz viel uns. Unser Bett, unser Sofa, unsere Stühle, unsere Bilder, unseren Basilikum, unseren Abfall. Unseren Geruch, unser Lachen, unsere Blicke, unsere Berührungen. Unsere Atmosphäre um uns, in uns, in unseren Räumen. Ausgefüllt, erfüllt in jeder Ritze unseres Daheims, unseres Daseins, unserer Welt. Komplett im Inkompletten. Ich mochte unser perfektes Unperfektes, sagst du. Und ich mochte, wie sehr du mich mochtest mit all meinen Fehlern, sage ich.

Keine Abschiede mehr. Keine Für-immer-Abschiede mehr. Abschiede waren nur von kurzer Dauer, für ein paar Stunden, für einen Tag, für höchstens ein paar Tage. „Ciao" bedeutete bis in zwei Stunden, bis heute Abend. Wir mussten so wenig Ciao sagen, sage ich. Dafür mehr küssen, sagst du. Und abends zusammen heimfahren. Nicht zu dir oder mir, nicht heimlich rausschleichen mitten in der Nacht, uns nicht an der Straßenecke küssend verabschieden. Nein, zusammen durch die Nacht fahren, deine Hand auf meinem Rücken, oder dich im Rücken als Beschützer, oder Hand in Hand, Fahrrad an Fahrrad. Am Morgen nicht aufwachen und du bist weg, nicht alleine frühstücken und auf ein SMS von dir warten. Nein, aufwachen und dich sehen. Dich schlafend, dich zerzaust, dich mich anschauend, dich auf mich wartend. Deine schlafende Hand auf meinem Bauch, deine Füße an meinen Füßen, deine Beine verkreuzt mit meinen.

Wir fuhren zusammen in den Norden. Damit ich dir diese Stadt zeigen konnte, die mir so viel bedeutete. Ich zeigte dir alle Plätze, alle Orte, alle Cafés – zeigte dir all die Dinge, die ich dir per Foto geschickt hatte. Zeigte dir, wo ich gesessen war und an dich gedacht hatte. Zeigte dir diesen Ort, aus dieser Zeit, in der es uns nur in dieser Traumblase gegeben hatte. Wo es uns außer in unseren Herzen nicht geben durfte.

Und wir liefen durch diese Stadt. Im Winter, im Dunkeln, in der Kälte. Ich war immer erstaunt, wie sich unsere Hände, unsere Lippen so selbstverständlich trafen. Es gab niemals ein Zögern in der Bewegung, niemals ein Wort, das den Beginn einer Berührung einleitete. Unsere Hände waren verschlungen, ohne dass ich mich erinnern konnte, wann sie sich gefunden hatten. Ich musste mich nie auf die Zehen stellen, wenn ich dich küssen wollte, sage ich. Deine Lippen waren schon auf dem Weg zu mir. Es gab nichts, was uns aufhalten konnte.

Du und ich, wir waren alles, sagst du. Die junge, schnelle kurzlebige Liebe, die geheime, unerfüllte Liebe und die ankommende, geborgene Liebe. Welche Liebe wird noch kommen, frage ich. Fragmente der Liebe geben am Schluss immer ein ganzes Mosaik, sagst du. Leuchtend.

Wir sind mit dem Fahrrad gefahren. Es war kalt und dunkel. Und ich hörte die Vögel zwitschern. Und ich wusste:

Du und ich. Immer wieder.

Und ich bleibe mit dir bei dir, sagst du. Immer.

Zeitfracht Medien GmbH
Ferdinand-Jühlke-Straße 7
99095 Erfurt, Deutschland
produktsicherheit@kolibri360.de